아름다운 그런데

아름다운 그런데

한인준 시집

창비

차
례

제1부

제2부

제3부

제 1 부

끝날 때까지 기다려

'여기서 해야 하는 일은 없어. 해서는 안되는 일만 있지.' 나무 2가 나무 1에게 속삭였다. '웃어도 안돼?' 너는 나에게, 나는 너에게, 관객들에게 보이지 않는데

노인이 노인 분장을 하고 우리 곁으로 와서 앉았다. 앉는다는 것은 뭘까. 언제쯤 죽을 생각인가. 이 사람은 죽어야 걸어 나갈 것이다. 끝을 안다고 '끝에서 시작할 수는 없잖아.' 이런 생각을 했어. 이런 생각 너무 덥다. 여긴 정말 덥고

나무 2가 나무 1에게 쓰러진 거야. 우리는 포개졌어. 말 없이 버둥거린다. 나는 너의 눈을 보았고 너도 나의 눈을 보았다

맞아, 우리는 나무였는데 '끝에서 시작할 수도 있겠다.' 그러니까

그것은 그러면 안되는 것이었어. 그러면 안되는 것이었어

종언
없

내가 가족이다
나는 '그러므로'와 화목하다. 어디서든 자세하게 앉는
다. 하지만

방파제로 운다
주문진과 바다 하지는 않았다. 아무도 몰래는 왜 자꾸와
함께 닫혀야 했나

당신의 열린 핸드백처럼

그것은 립스틱과 핸드백에 담긴 한꺼번이었을까. 이제
는 더이상 겨울과 걷지 않을 것이다. 겨울과 걷지 않는다

내가 산책이다
빨리를 당신과 함께 떠나보내야 한다. 아무도 몰래

나는 어떻게 알았나

항구가 모래사장 하지 않았다. 햇빛이

폭풍우와 아니었다. 무작정과 도무지를 당신과 함께 떠나보내야 한다

어떤 자작나무에서 아무도 몰래 쏟아지는 하얗다

당신아, 나는 어떻게 알았다. 그리고와 함께 다시 당신을 만나러 간다

우리가 모르는 온도가 사라질 거야

무게

어머니가 나에게 꽃을 선물해주었다 어머니

이건 어머니잖아요

나는 어머니를 벽에 걸어두었다

이미 많은 사람들이 어머니를 말했다. 어머니는 낡았고
감상적이래

나는 벽을 돌아보지 않았다

벽이 무너진다

무너진 벽을 언제 돌아보았나. 어머니가 허공에 걸려 있다. 마른다. 부서진다

나는 가벼워지는 거란다

말씀 좀 그만하세요

무거워지니까

내 방에는 바닥이 없잖아요

괜찮아, 나는 발이 없단다. 발은 언제나 발의 주변만을 남기고 사라져

말씀 좀 그만하세요

어머니

이건 어머니가 아니잖아요. 어머니는 허공에서 말없이
꽃을 그린다

그 꽃이 떨어지지 않는다

압력

금요일 저녁이라 도로가 막힌다는 택시기사의 말을 들었다

                              오늘은 목요일인데

─거울에 보이는 것보다 가까이 있습니다. 백미러에 적힌 조그만 글자를 보았다. 있었는데

                              거기에 있었는데

말라 죽은 선인장 가시가 내 방을 찌르는 새벽
나는 돌아와 아무리 앉아도 자국만 남는 의자에 다시 앉는다
너와 걷던 숲속을 가만히 떠올린다
내 방은 의자를 올려두고 의자는 나를 올려두고 나는 머

릿속에 조용히

　눈 내린 산사나무 한그루를 올려두었다. 창문을 닫을수
록 바람은 튼튼해지네. 바람도 따뜻해지면 입김이 되지

　　　　　　　　　　　　　　　　　　없었는데

거기에 없었는데
구겨져도 반짝이는 은박지처럼
자국이 없어도 널 알아본 거야
이 방의 주변이 환해져간다

종언
하늘 위에 별이 있는 것이 아니라

천천히를 생각합니다
천천히만을

물결과 구름은 조금 맞는 것이고

조금을 생각합니다
조금만을

손가락이 까딱만큼 미묘해지는 일에 대해

모래알을 쥐어도 새어나가는 멀고 먼에 대해

나는 갑자기의 옆으로 갈 것입니다. 오자마자와
이대로일 때까지

꿈속에서 당신이 아닌 당신의 꿈속을 만나

아무도를 생각합니다
아무도만을

숲과 속을 나누어 생각하려고 숲속에 들어가는 한 남자
에 대해

　부질과 없음에 대해

　제발과 부탁을 더해버리지 않는 방법에 대해

　이런 적이 별로 없었을까요
　이런 적은 별로 때문에 없었을까요

　책도 없이 침대에 누워를 가만히
　읽어보는 것입니다

　저 투명과 저 의자와 저 구부러진 다리에 대해서만
　각각에 대해서만

　바람과 불 것입니다

불어오지 않는 바람도 바람이라고 생각하는 힘에 대해

꿈속에서 당신이 아닌 당신의 꿈속을 만나

연출 연습

아무것도 아닌 것이 아무것도 없는 곳을

횡단하다가

　　　　　무대 중앙까지 대각선으로 걸어가줄래?

대각선은 멈춰 서서 잠깐 울었다. 주룩주룩은 언제부터
직선입니까. 죽음에 꼭 들어맞을 때까지

　　　　　　　　　　　죽은 척하기

나는 내가 벗어둔 구두 같아요. 구두는 무슨

쓰레빠를 내던지며

이런 식으로 연기해봐. 이런 식의 총구와 이런 식의 관
자놀이로 너와 나의 이런

거리감으로

절망 좀 쉬었다 합시다. 대각선은 둥근 의자에 앉아 다
시 울었다. 주룩주룩은 언제부터 곡선인가요. 나는 아무것
도 아니었는데

무대 바깥으로 보랏빛처럼 걸어가줄래?

보랏빛처럼 걷는 것이 뭘까

대각선은 대각선에게 건너가면서 조금 울었다. 나 당신에게 갈 수 있나요

잘하고 있는 거 맞나요

　　　　　　　　　　　　　　　　높낮이를 줄게

옥상에서 부러진 발목처럼 보랏빛처럼

대각선은 걸어나간다. 사라진다는 것이 정확해질 때까지

말끝을 흐리다

컵 속은 컵과 함께 놓아두었습니다

휘저었습니까

가로가 세로보다 더 길다고 느껴지거든

빗줄기를 나에게 돌려주세요

이상한 말입니까

손목에서 손이 튀어나온다면 뒤늦게

주머니를 생각해봐요

두 눈이 아닌 것들이 두 눈에게 감기는 순간

멀리서 사람이 포옹을 포옹합니다. 세사람입니까

두 팔에 뒤덮인 세계입니까

이대로 굳어요

당신은 당신과 껴안은 채로 발견될 거예요

컵 속을 컵과 함께 놓아두겠습니다

흐려졌습니까

설명

그것을 생각하다가 그것은

이것이 되었습니다

나는 이것을 옷장 속에 구겨두고 어항 속에 풀어두고 꽃
병 속에 꽂아두고

이것에는 단어가 필요하지 않습니다

이것은 어두운 곳에서 헤엄치다가 가만히 시들어버립
니다. 아득한 나라 알 수 없는 숲 속에서 이름 모르는 새가
울고

내 곁에 있어도 그것인 것들

그것은 탁자 위에 가지런히 놓인 손목을 닮았습니다

손목은 하얗고 손목은 가늘고 손목은 멍들고. 나는 당신에게 이 모든 것을 설명하려고 손목을 붙잡습니다

그것은 막막하고 이것이 먹먹합니다. 내가 지나가고 나를 지나가는

내 곁에 없어도 이것인 것들

게스트하우스

고열에 시달린 여행자는 집으로 돌아갔다. 부디 돌림병
이 아니길. 지난 마을에서 개들이 짖었다

죽을까봐

벼랑 앞에서 놀라는 일행들. 시퍼런 안개 속으로 앞서간
지프 한대 굴러떨어지는 걸 본다. 살았을까

죽을 뻔해보니 알겠어

어서 사진을 찍어요

흔적을 남깁시다

빗나간 죽음조차

맞딱뜨린 조난 같아. 왜 이런 과거는 가능성만으로도 적당한 불행이 되나. 함께 한 발견은 거대합니다. 물이 홍수가 되고 눈은 폭설이 되지요. 그런데

목숨은 왜 혼자 배우는 거요

당신 혼자 알았다고 전부가 아니야. 우리 모두 배울 때까지 기다려주자

그만 좀 울어. 내 친구는 집에 가고 싶다는걸. 숙소를 집이라고 부르기 시작하면서

우리는 끝내 목적지에 도착했다. 모든 마을에서 개들이 짖었다

종언
있

나는을 어쩔 수 없이 그러면과 청바지를 동시마다 입는
다고 아예를 이해할 수 없는 것은 아닌데 두 눈과 함께를
오늘도만큼 출근시키며 바다와 두개 사이에서 나는과 더
이상을 하지 않고 이런 건 누가 고민 같다고 말할 때까지
강물에 서서 발목과 넘쳐흐르기만 하는 그러니까로 나는
의 절반만 축축한 일이니까 그렇다고 아예를 이해할 수 없
는 것은 아닌데 세상에는 아주만 한 조금이 있어 당신은
혼자 많은 생각으로 얼마나를 하고 언젠간이 자꾸 웅덩이
가 되어 애틋한 건 둥근 것 같아 헤어지는 따뜻해서 우리
죽을 때까지 뒹굴뒹굴과 네모나지는 이대로였다면 강물
에 번진 그리워 어쩌면이 저럴 수 있나 나는마다 그럴 수
있다가 눈앞에 있는 할 말이 없음과 등 뒤에 있는 어쩔 수
없음으로 자꾸 다시 왜를 잃어버려야 하는데 울지 않는다
로 울어버리는 당신을 보고 있으면 세상에는 많은 사람들
이 있어 당신은 혼자 얼마나를 하는지 억지로와 내리는 폭
설 속에서 차가워를 나눠가지는 너와 나는 이제 동떨어지
고 얼어붙은 한 손은 왜 쓸어담을 수 없는 것인지 아무렇
지 않게 아프지 말라고 말할 수 있었을 때 아무렇지 않게
아프지 않을 수 있었을 때 당신에게 이 마음을 던진다는

날아간다를 바라볼 수밖에 없다로 멈춘다마다 앉아 있다
고 서 있는 것을 기다린다로 똑같이 말할 수 없는 것은 아
닌데 그렇다면 이렇다고 아예를 이해할 수 없는 것은 아
닌데

바깥에서

너한테 있을 거야

                              나한테 없는데

숙소로 돌아오는 어두운 골목에서 오랫동안 주머니를
뒤적거린다

문을 열 수 없는데

왜 우리는 문 앞까지 도착했을까

나한테 있을 거야

　　　　　　　　　　　　　　너한테 없으니까

　그날은 그 방의 문틈에서 새어나오는 불빛을 닮아 뚜렷
하고

　아득했는데

　누가 이 문을 닫았는지

　이미 사라진 것과 사라져가는 것

　너는 길을 되돌아간다 돌아오지 않는다

종언
은행나무 가로수길을 지나 병원으로 가는 줄 알았지만

나는 은행나무 속으로 들어가버릴 수도 있는 것이다

운다의 속으로 들어가버린 당신을
가루약과 알약 사이에서 회복하는 조금씩을

볼수록을 볼 수 있을 때까지

미안하다는 말들은 내가 나에게 했던 것이다. 결국은

우리가 사는 이 은행나무 속에서는 기침과 하품이 닮아
있어서
내보내는 일들이 다 닮아 있어서

나뭇잎이다는 결국과 바스라지고 마는 것

당신이 없는 은행나무 속으로 나는 들어가버릴 수도 있
는 것이다

나 혼자 사는 이 은행나무 속에서는

졸리자
피곤해지자
아프자
이런 말도 할 수도 있어서 다시 나가고 싶을 수도 있지만

살자 살아서

갈대와 억새를 처음으로 구별해보았던 기억이나 그믐
달과 초승달을 처음으로 달리 알아보았던 기억을 그저 떠
올리는 것이다

알려주던 것임을

우리가 서로에게 알려주던 것들을 나는 조용하게 떠올
리는 것이다

제 2 부

그런 날

그런 거 있잖아

                              그런 게 뭔데

　서로 마주 보고 앉은 탁자에서 '그런'이 무엇인지 생각
하는 일을 그만두지 않는다
　왜 자꾸 나는 당신에게 '그런' 걸 말하고 싶은 걸까

그런 거 있잖아

                              그런 거라니

나는 탁자 위에 놓인 빈 꽃병을 본다

당신은 탁자를 치운다
거실 바닥에 그 빈 꽃병이 놓인다
말 없는 당신이 방으로 들어간다. 거실이
뒤따라간다

　우두커니 나는 혼자서 다른 '꽃병'을 떠올린다. 떠올린
'꽃병'에 물이 담긴다. '꽃병'이

부서진다. 나는 젖은 채로 새로운 '꽃병'을 사러 나간다
돌아가지 않는다
길거리에 골똘히 서서 '꽃병'이 틀렸다고 생각한다
'꽃병' 탓을 한다

'그런' 걸 설명하지 못하거나

'그런' 걸 설명했다고 착각하기도 해서

마르지 않은 채로 돌아다니는 사람들이 있다. 그들이 만들고 부서뜨린 수많은 '꽃병'들. 오늘은 모두가 젖어 있다

타워

파란색처럼 기다린다

대책 없이

타워 주변으로 사람들이 모여들었다. 추우니까 안에 들어가 있어

파란색은 들어가지 않았다

언제부터 회전문 앞에 파란색이 서 있었는지

너는 누가 좋아하는 색깔이니

파란색은 말이 없었다

그 자리에서 가만히 하늘을 하늘색을 그리워한다

구름은 언제나 구겨진 흰색인지

맑은 날에는 바람이 보여

검은색 사과처럼

파란색은 파란색이 무거워 웅크리고 앉는다

나는 파란색을 흘린다. 파란색은 어디에나 있으니까

아무도 파란색을 모른다

다 지나간 일인데

아 파랗다

종언
할 말 잃어버리기

대문 앞에서 나는 무릎과 무릎이라는 이미지로 쪼그려 앉는다. 이것은 나를 안아줄 수도 있는

둥글다

그리고 가만히를 기다린다
절대로와 함께라면 모든 것은 이곳으로 도착하지 않을 것이다

말없이를 올려다볼 것인가
저 푸르름은 정말과 같은 것일까. 나 다시는 대문 앞에서 골목과 아닐 것이다

마지막 남은 아카시아 잎사귀 하나를 반으로 찢을 것이다

왜 나는 과연에게로 끝까지 갈 수 없는가

무릎 위에 갑자기를 놓아두었다

차분해지니까

그 손을 잃어버린다. 이 손과 잃어버린다. 이제는 여전히를 기다리고 있는 것인가

절대로와 함께라도 모든 것이 이곳으로 도착할 것이다

당신은

이런 구름이다

야호

북쪽으로 갔다. 북쪽은 내가 이미 지나간 남쪽. 우리는 사방에서 마주친 한때였거든

반갑다. 반가워. 나는 내 유년에게 악수를 청한다. 이 산은 너무 혹독하잖아

돌아보지 말고 뛰어오르자. 빈 무덤에 부서진 들꽃이

여기서 또 넘어졌니. 그래 나는 내 단골이란다. 멍이 든 무릎 위로 수십번 겨울이 쌓이지. 네가 버린 메아리가

저기에 살고 있다. 그런데 고산병은 어디에 있나요. 높이가면 반드시 넓게 보나요

표정이 보이지 않아 목소리만으로 내 등에 업혀서 헤매지 않는다

괜찮아. 너는 내게 잘 들렸으니까

아

오렌지나무에서 나무가 떨어진다. 나는 의아하게

입을 벌린다

허공에 오렌지야

감정이 죽은 거 같아

나는 오렌지나무를 본 적이 없는데

껍질을 벗긴다. 주황색을 벗긴다. 아주 야한 눈물이 나
려고

씨앗을 벗긴다. 가짜로 슬픈 싹을 틔우려고 그런다

허공에 오렌지야

흙바닥이 너 대신에 굴러가잖아

나는 나무가 맛있다. 제발 나무가 맛있다

왜 자꾸 살아서 표현이라는 것을 하나

나의 아픔을 벗기면 너의 아픔이 상큼해지나

오렌지나무에서 나무가 떨어진다. 허공에

오렌지야

나는 완벽하게 입을 벌린다

채광

베란다는 바깥에 있는 걸까

잘 모르겠는데

당신이 당신의 내부에서 대답했고 나는 나의 내부에서
그 대답을 듣다가

베란다는 안쪽에 있는 거지

보이지 않는 새는 언제 살아나 이곳을 빠져나간 건가

아프지 않게

누가 나를 통과하고 싶었다

유리창이 언젠가는 날아갈 거야. 당신이 자꾸

날아가지 않는데

평생 따뜻하다면 바깥에서 바깥으로 나갈 수도 있겠다
우리

정말 나갈 수도 있겠다

퍼포먼스

가로등 불빛 곁에 새까만 얼굴을 내놓고
하수구 위로 구르는 축구공을 찼다
내 시절의 시작은 언제나 부르튼 것을 닮아
스팀 소리 드릉드릉한 꿈을 아직도 꾸고 있는 건 아닐까
냉장고 앞에 앉아
이곳은 내가 만든 커다란 인큐베이터 같아
숙취를 입에 문 나를 이미 본 듯한데
이불 사이로 비집고 나온 부모의 발가락들을 이미 본 듯
한데
벗겨진 문풍지 틈으로 새어나오는 빈 새벽이 얼마나 나
를 쿵쿵거렸는지
육하원칙을 내 인기척으로 두 손을 꼭 쥐고 악다구니로
내 살을 내가 씹을 때마다
상처는 여기구나, 하고 나를 가만히 눌러준다
뜯어 먹기 좋은 날들이 뻔뻔한 알몸인데
옆집 친구 이름보다 가벼운 그림자들도 이제는 꿈속에
없다
동이 터오기 전에 나는 또 잠수할 것 같아
꿈의 수압이 내 목을 조르지 않도록

늘어난 속옷을 입고 바닥에 나동그라져
한참을 찬 바람 맞을 것 같아
불면과 두 눈이 마주칠 때마다
아침을 뒤집어쓴 골목은 서럽게 제 몸을 딱딱 부딪치겠지
이미 지나간 밤들을 옆구리에 찔러넣고
과거로 바통을 건네야 하는 힘
오랫동안 붕대처럼 말아올린 불면의 힘

유적

드디어 이곳에 도착했는데

멀리서 '내'가 오고 있었다. 나를 따라오지 않는 '나'를
기다리면서 나는 바닥에 배낭을 내려두었다

내려두어야 하는 곳에서 나는 서 있었다

그걸 어디에 넣어두었더라

배낭 속에서 빈 손바닥을 꺼내고 말았을 때

많은 것들이 구겨져버렸다는 걸 알게 되었다

석상은 기둥을 누르고 기둥은 바위를 누르고 나는 나를
누르던 배낭에서 가장 무거운 것을 꺼냈다

　무거운 것들은 한참 동안 내 곁에 있었다

　　　　　　　　　　　　어떤 장면은 바라보지 않아도

　멀리서 ‘내’가 오고 있었다

종언

않

식탁 위에 놓인 빨간색은 내가 먹을 수 있는

하지만인가

느낌은 한입으로 쪼개질 수도 있는데
어렵다
어렵다를 뱉는다

나는 나의 뺨을 때린다. 후두둑과 함께 떨어지는

아삭거린다

왜 내가 울지 않는다. 너는 왜 운다

'왜'라는 말은 언제부터 부드러운 대답 같았나

억지로와 함께 느낌을 먹는다

식탁을 씹는다. 씹는다고 생각하는

아니다
나는 식탁을 못한다. 우리가 지금을 못한다

가지 마

저만큼이 간다. 저만큼이 간다면 정말 멀리 가는 것인데

마주 앉은 네가 운다
나는 나를 다 먹어야 한다

윤곽

뒤꿈치처럼 생각한다

누가 밟아도 돌아보지 않을 만큼만

문을 열었으니까. 내 방은 다시 내 방의 위치에 놓여 있고

미세하게

               너에게 무슨 말을 하려고 했는데

무슨 말이었는지

왜 자꾸 이 방은 정확해지는 걸까. 네가 밀어낸 문이 너

보다 먼저 나가버리고

　나는 창문을 창문만큼만 바라본다

　뚜렷해질 때까지

　너에게 무슨 말을 하려고 했는데

　　　　　　　　언제나 돌아볼 수 있을 만큼만

　무슨 말처럼 사라진다

이 노래 좋다

음악에 앉아

나는 잠시 아래에서 느낀다

엉덩이를 던질 수 있다면 하반신으로

남아 있을래

날아가는 하늘을 바라보면서 너와 나는 우리로

반토막 날 거야

복숭아뼈 옆에서 생각한다

이 노래 좋다

밑으로 사라졌는데 위에서 내려앉는

햇빛과

너 그거 알아? 대뜸 먼저 아느냐고 너에게 말한다

우리는 다시 음악에 앉아

확신

하늘에 떠 있는 구름을 올려다본다. 어제도 오늘도 구름
은 구름이라고 불렸다. 구름을 구름 '같다'고 부르는 사람
은 없다. 확신하면서 당신에게 문자를 보낸다. 언제쯤 도
착할 거 같아?

조금 늦을 거 같은데

어쩌면 우리는 구름을 구름 '같다'고 부르던 사람들

이곳에 비가 내린다. 우산을 펼친다. 비가 그치길 기다
린다. 너를 기다린다

지금도 비가 내리는 거 같아

비가 그친 줄도 모르고 우산을 펼쳐 든 사람들이 있다.
그들에게 아직도 비가 내린다

데자뷔

　너는 몇번 죽었니?
　아이가 죽음에게 말했다. 그리고 잃어버린 운동화 한짝을 떠올렸다. 어디에 있을까. 죽음이 다 알 것만 같았다. 이제 어디로 갈 거야? 마지막 죽음만이 남았는데
　죽음은 아이가 귀찮았다.
　아이는 죽음의 왼쪽 무릎을 만지작거렸다. 죽음이 의심스러웠다. 넌 살아 있는 거 같아
　죽음은 아이를 죽였다

　죽은 아이는 신고 있던 운동화 한짝을 강에 던져버렸다
　죽음을 죽이고 싶었다. 죽음을 만나기 위해 늙어버렸다. 죽음은 벤치 위에 운동화를 내놓고 앉아 있었다. 네가 던진 운동화 한짝일까, 네가 잃어버린 운동화 한짝일까
　죽은 아이는 아무래도 상관없다는 생각이 들었다
　죽음에게서 운동화를 뺏었다. 죽음은 아이에게 죽음이라는 이름을 지어주었다. 이제 마지막 죽음만을 앞두고 있었다

스케치

눈썹 위를 올려다본다

멀리서 허공 하나가 자동차 밑에 드러눕는다

얼룩이 굴러들어올 때까지

여기 있으면 시원해

작은 그늘 속에서 더 작은 그늘을 바라보았다

나무에 창문을 그리면

나무로 만든 집이 바로 생각나는데

탁자 아래 흘린 검은 콩 하나를 휴지로 감싼다 검은색은
복잡해

　　검은색 때문에

　　아직도 나는 가끔 우주를 떠올리는데 날갯짓처럼

　　두 눈을 깜빡거린다 우리는 자꾸 어디로 날아가버렸나

　　내가 웃어도 너는 나의 눈동자처럼 가만히

적응

언제부터 주머니에 손을 넣어두고 다녔는지

그 손은 오른손이었는지

중요한 건 아니니까

주머니에 손을 넣지 않아도 주머니는 있고 주머니에 넣
지 않은 손이 내게 있고

이 손은 왜 자주 오른손인 건지

거리를 걷다가 무심하게 돌아보았을 때

중요한 것이 서 있었다

중요한 것에는 언제나 비가 쏟아지고

우산이 없는 새벽마다 나는 잃어버린 건지

잊어버릴 건지

                                        저기요

한 사람이 말했고 모두가 돌아보았다

종언
것

시냇물과 발목을 한다. 자연스러운 것은

빼놓은 채로

물방울은 돌멩이로 저지르는 것이다. 정말이 보일 때
까지

넌지시와 그윽과
바라보지 않는다를 바라보지 않는다는

정말이 보일 때까지만

투명한 물을 자꾸 하얗다고 느끼기
대신에 투명하게 느끼기

틀림과 다름은 아직도 우윳빛으로 흐르나

엄지와 검지로 쥐고 있는 이불 겉을
들릴 만큼의 소리라는 것으로 문지른다면

내가 있는 장면이 들린다
보이는 것이 아니라

낙엽이 지는 소리 위로 캔커피를 따는 소리가 내려앉을
때마다

벤치가 아닌 것들을 애써 떠올리면서

벤치가 아닌 것들의 위아래를 애써 고민하면서 그러다
보면

당신이 있는 장면이 들린다
보이는 것이 아니라

올라간다는 예측과 내려간다는 상상만으로 밟을 수도
있는

계단 없이 계단을

그러나 우리가 떠올릴 수 있는 생각이 먼저

뛰어내릴 때

난간 앞에 직접 서 있지 않아도 되는
그런 것

아래에서 위로

침은 뱉어질 수도 있다 다만 다만을

입속에 머금고 있는 것

흘러내리자
같은 운동화끈만 자꾸 풀리는 이유 같은 것으로

당신에게로
　시간이 걸린다면 시간에게로 가자 차라리에게 갈 수도
있는 것

다만 다만을 우리는

빙설

버려둔 식탁 위로 눈이 내린다

무턱대고

나는 너를 아무 말 없이 바라보았다. 아무 말이나

떠올랐는데

눈 덮인 식탁이 사라지기 시작한다. 이것은 식탁의 한계

여기는 계절의 문제

사라지는 것이 빠른가. 녹아버리는 것이 빠를까

내가 꼭 쥐고 네가 꾹 밟은 것. 우리는 식탁의 테두리를
쓸어내렸다

  차가워

  이토록 희미해졌구나

위로

저기. 저기로 가도 저기를 여기라고 부르고 말 거야. 우리는 자주 여기에 있다. 조금 더 기다려야 할까. 승강장에 앉아 있는 널 일으켜본다. 함께한 새벽마다

각자 돌아갈 집이 생각나. 가자. 내일이 오면 다시 출발할 거야. 그런데

도착하긴 하는 걸까. 드러누운 침대 위로 실패한 다짐들만 가득해지는데. 캄캄한 강둑에 앉아 이야기를 나눈 밤마다

우리는 확신하기 위해 서로 고개를 끄덕여주었다. 모두들 어디서 내렸을까. 움직이기 위해 움직이지 않는 사람들

잘못 나온 지하철 출구로 다시 들어가면 우리가 보였다. 나는 우는 너에게 팔 벌려 정작 나를 두껍게 껴안지

내 등을 흔들었다

어떤 귀가

나도 모르게 나는 너에게 '어떤' 말을 하고 만다
'어떤' 말을 하고 나면 '어떤' 말만 하다가 집으로 돌아
간다. 내가 하고 싶은 말은 이게 아닌데
우리는 입을 벌린다
입을 다문다
아무 말도 하지 않는다
무엇이 말하는 걸까
내 얼굴에는 언제나 '어떤' 입이 놓여 있다
입속에는 '어떤' 집이 놓여 있다
현관문을 돌린다
이곳으로 아무도 도착하지 않는다
식탁에 앉아 조용히 밥을 먹는다. 밥을 먹다가 또
무엇을 말했던 걸까
내 곁에 둘러앉은 '어떤' 침묵들
'어떤' 말로 하고 싶은 말을 대신하는 사람들이 있다
'어떤' 말로도 말하지 않는 우리가 대화를 한다

묘사

빈 액자에서 없는 그림이 떨어지면

그대로 두세요

방문 뒤에서 구석은 웅크린다. 공간이 순간으로 바뀔 때
까지

빈방 위로는 자꾸 빈방만이 놓이고

나는 여러번 빈방을 버려둔다

붙잡은 손을 떨어뜨릴 때마다 손은 손의 위치로 되돌아
가니까

이렇게 우리는 수북해질 거야. 구석은 다시

방문 옆에 앉는다

가만히 두 팔을 벌린다. 순간이 공간으로 바뀔 때까지

나를 안아주세요

빈 액자에서 없는 그림이 떨어지고

그대로 두세요

아직 사라지지 않았으니까

제 3 부

기대

오늘은 달이 많이 떴네

　　　　　　　　　　　떠 있는 건 별들인데

　별을 달이라고 잘못 부른 너에게 나는 아무 말도 하지
않았다. 그럴 수도 있으니까

　언제부터 별은 달이 아니고 별과 달이었는지

　나는 빛과 빛나는 것을 구분하는지

　지하철 출입구를 왜 자주 출구라고만 부르나

어디로든 어디서든 나가야만 했던 것인지

이곳은 아직도 생각 속이구나

이곳에서 별은 달이 되어가는데

별을 달이라고 부른 너에게 나는 아무 말도 하지 않았
다. 가만히 저곳을 바라보다가

                                        그럴 수도 있으니까

우리는 같은 곳에 있었던 거야

색채

물속에서 젖은 물을 꺼낸다

면적일까

한쪽에는 수건의 자세만을 걸어두었다

위치가 축축해질 때까지

우산이 쏟아져내린다면 다채로운

빗속인가

나는 모습이 되지 않는다. 화장실을 바닥에

떨어뜨린다

구겨져 있는 옷에서 온몸을 꺼내주겠니

물속에서 젖은

물을 움켜쥔다. 완성이라고 하는 것을

흘려보낸다

종언

잎

방바닥을 내버려두었다

너와 함께 더이상을 쓸어담지는 않을 것이다. 그렇다면과
치워야 했을까

치우는 일이
쓰다듬는 일과 비슷하다고

너의 이마가 사라져. 따뜻해라는 작은 규모. 죽을 것 같은

반짝거린다

커다란 시간 속에서 나는 누워 있었다. 그리고 자꾸 가
고 싶다는 말만 하겠지

어딜 그렇게 가고 싶은데. 아무도 없이

나누기. 나에게 '나를'이라는 말이 필요하지 않을 때까지

우리를 웃자

속일 수 있는 수없이를 위해서

시간만 간다는 말을 하자. 왜 자꾸 우리는 서로에게 어디가 어떻게 미안했을까

한꺼번에 괜찮아지기도 했는데

단절

나는 의자에 앉아 날아가는 많은 것을 바라보다가

많은 것이라니

많은 구름들이 흐린 날씨 하나로 완성되고 나는 다시 단
하나의 의자에 앉아

햇빛이 바닥 위로 하나씩 떨어진다면 하나둘 밝은 것들
을 세어볼 텐데

컵 속에 담긴 물을 한모금씩 마실 때마다

물은 수십개의 물로 갈라지고

모든 의자는 의자와 빈 의자로 갈라지는데

모든 것이라니

나는 함부로 모든 것을 생각하다가

바람은 이곳으로 하나씩 불어온다 하나씩

하나씩

우리가 끊어내는 것들

희망봉

겨울 점퍼를 사달라고 기도했는데 겨울 점퍼를 훔치고
용서해달라고 기도했는데 폭죽처럼 쏘아올린 내 표정이 어
두워질 때까지 나는 바다를 무릎 위에 가만히 올려두었다

마음 생각

얼마큼이냐고 묻는 너의 질문에 갑자기 나는 아무것도 생각이 나지 않아서

오래전에 내 마음은 무턱대고 하늘을 데리고 왔는데 하늘 다음에는 땅을 생각했는데

너에게 말해주려고 말하지 않은 새로운 것을 떠올리다가 언제부터 마음은 하늘에 담기지 않았는지

그 꽃은 얼마큼 향기로운지 이 꽃은 이만큼 향기로운데 이만큼씩 서로에게 전해주려고

창밖에 비는 얼마큼씩 내리고 있는 건지 가로등 불빛에 비친 빗줄기로 내리는 비를 다시 알아보는 것

말없이 바라보다가 나는 다시 아무것도 생각이 나지 않았는데

아무 말도 안했는데

오른쪽 손등 위로 비가 내린다

바깥에서

너는 물컵처럼 서 있었다

물컵이라니

그 자리에 너를 두고 물컵만이 머릿속에 떠올랐을 때

물컵만을 바라보다가

오른쪽 손바닥 위로 비가 내린다

손바닥으로 하늘을 들여다보는 것 가만히

그것을 느낄 뿐

이곳은 물컵처럼 분명하다

물이 담기지 않아도

이륙

발바닥 속으로 달려간다. 나를

잃어버리지 마

보도블록 위에는 부서진 평면을 올려두었다. 보이지 않
아서

찾을 수 있어. 사라진 코너를 다시 돌았다

이 길이 맞아

아니야 이 길이 맞아. 생각이 드는 것과 생각이 나는 것
을 어떻게 구별했을까

한발자국 뒤로 물러난다. 눈앞에서

나의 두사람이 돌아다닌다. 너의 두사람까지 잃어버리
는 등 뒤에서

비둘기 몇마리를 완성시킨다. 머릿속으로 골목 하나가
날아오를 때까지

사라진 코너를 다시 돌았다. 우리가 발자국을 올려다보는

제자리에서

그래 나는 너의 어디로 갔을까

우리가 문을 닫으러 가는 동안에

가로로 잘못 덮은 이불을 세로로 바로잡다가

문이 닫히는 소리가 들려

문을 열어둔 채로 나가는 겨울

닫아야겠지

먼 곳에서 가로로 잘못 덮은 이불을

그대로 놓아두는 사람들

의자를 뒤로 끄는 소리가 들려

소리만으로 너는 앉을 것인지

일어날 것인지

나중에 오는 것들

나도 너처럼 바깥에 있는 줄 알았는데

낙하

탁자 위에 놓여 있는 젓가락을 바닥으로 떨어뜨렸다

                              그게 언제였더라

생각나지 않는 것이 바닥에 놓여 있었다
우리는 서로 눈을 마주치지 않았다
바닥만 보았다
그것은 왜 자주 밑에 있는 거지

휴대폰 액정 화면을 가만히 내려다보았다. 무슨 말이라
도 해야 하는 걸까

                          어떤 말이라도 해야 하는데

바라만 봐도 되는 곳에서 나는 살고 있었다. 바닥도 바라만 보면 허공이 되지

천장은 오늘도 야광별 하나를 내 방에 떨어뜨렸다. 매일 이곳에 돌아오는데

그것이 없다

종언
아름다운 그런데

없을 것을 위하여 찾아볼 수는 없었습니다

있을 것을 위하여

한밤중에 깨어난 당신이 당신 옆에 놓인 물컵 쪽으로 손
을 내저었을 때

목이 마르기 위하여를
문득 나는 먼저 생각했던 것입니다

비를 피하기 위하여 우산을 잃어버리는 사람과
배고프기 위하여 밥을 먹는 사람을
뒤바뀌는 것을
생각했던 것입니다

종업원의 말투를 가진 손님이 되는 일과 복도를 만들기
위하여 건물을 짓는 일을

축구를 하기 위하여 맨션 벽면이 필요한 동네 아이들을,

무릎이 깨지기 위하여 주차장 바닥이 필요한 것임을

　한밤중에 깨어난 당신이 당신 옆에 놓인 물컵 쪽으로 손
을 내저었을 때

　생각해보았습니다
　당신은 내 옆에서 잠들어 있고
　나는 내일이면 다 시들 야생화 한줌을 당신 옆에 심는
일을 생각하다가 그만두었습니다

　지진이 일어나기 위하여 책상 밑으로 들어가야 했다면
　티브이를 끄기 위하여 티브이를 켰어야 했다면
　뒤바뀌는 것을
　거꾸로를

　무중력 상태에 떠다니는 오줌방울을 위하여
　우주선을 만들었더라면

　이런 생각이 귀엽다고 잠에서 깬 당신은 나에게 예쁘게

말했습니다

  예쁘게 말하기 위하여 사람이 태어난다고 생각하다가
  그만두었고

  이불을 개켜두었습니다 오늘밤이면 다시 이불을 덮어
야 한다고 생각하면서

  없을 것을 위하여 찾아볼 수가 있었습니다

왼손이 오른손을

저녁이 온다

저녁이 온다고 적었으니까

숲속에서 너와 나의 한가운데로 길은 뻗어 있고

돌아갈까

주머니에 들어찬 어둠만큼 손에 잡히는 곳

새벽이 온다

저녁이 온다고 적었으니까

나는 시간 한가운데 서 있고

누가 이곳을 숲속이라고 적어놓았나 이제는 오래된 일
인데

사람들보다 그 사람이

네가 옆에서 오고 있다

침묵과 생각

김나영

저기요

한사람이 말했고 모두가 돌아보았다

——「적응」부분

한때는 한 시인의 첫 시집에는 시에 관한, 혹은 시를 통해 바라보는 세계에 관한 애정과 증오가 과도하게 들어있다고 믿었다. 그도 그럴 것이 그 한권에 묶인 시는 시인이라는 정체를 입고 다시 태어난 듯 현실 가운데에 등장함으로써, 비유가 아니라 실제 시인 자신을 걸고 현실에 맞서는 출사표처럼 보였기 때문이다. 시인이 의도하든 하지 않든 첫 시집은 자주 한 시인의 시세계의 포문을 여는 것처럼 여겨지며, 그의 시가 현실의 어느 방향으로 창을 내고 있는지를 짐작하게 하는 근거로 인식되어왔다. 첫 시집에

만 해당되는 일은 아니겠지만, 유독 첫 시집을 읽을 때는 거기에 실린 작품을 내재적으로 읽는 동시에 시인과 시대와 시의 상관성에 관해서 따져묻게 되는 이유도 여기에 있을 것이다. 그 물음은 간단히 다음과 같이 말해지기도 한다. '이 시인은 무엇을 말하고자 하는가'. 여기서 '무엇'은 당연히 시의 내용만을 지시하지는 않으며, 더 정확하게는 시의 표면에 위치하는 무언가를 '통해서' 시인이 보고 있는 것이 무엇인지를 묻는 것이다.

한인준의 첫 시집은 여기에서 한발 더 나아간다. 그는 자신과 현실을 매개하여 현실의 이면 내지는 다른 세계를 보게 하는 눈을 발견하는 일뿐 아니라, 그 감각의 발현을 어떻게 말할 것인가를 고민한다. 이 시인의 고심은 간단하지 않은데, 그런 개인의 물음은 '말하는 것은 어떻게 시가 되는가'와 같은 전체의 질문으로 돌려지기 때문이다. 우리가 오래 잊고 있었던, 혹은 떠올릴 때마다 쉽게 지나쳐버린 그 질문 말이다. 나의 말이 너에게, 너의 말이 나에게 일상적인 의사소통의 기호가 아니라 시라는 특별한 언어로 돌려졌을 때 그 전환의 과정에서 무슨 일이 일어났던 것일까. 한인준의 시는 나와 너의 관계 가운데서 발생하는 감정의 조성을 먼저 생각하고, 그 생각을 통해 평범한 단어들이 비범한 의미를 구축하게 되는 것을 보여준다. 의도적으로 문장과 문장의 사이를 띄우며 어긋나게 배치하고, 부사와 용언을 체언처럼 쓸 뿐 아니라, 문장 단위의 표현을 하나의 단어처럼 취급하는 일도 서슴지 않는다("어쩌면 이 저럴 수 있나 나는마다 그럴 수 있다가 눈앞에 있는 할 말이 없음과 등 뒤에 있는 어쩔 수 없음으로 자꾸 다시 왜를 잃어버려야 하는데", 「종언: 있」). 이것은 얼핏 말장난처럼 보이기도 하지만, 한국어 문법을 해체하고 그 틈을 들여다보려는 이 시도는 그 감행에서부터 전혀 간단하지 않다. 말이라는 공동의 삶을 이루고 지속하게 하는 근본의 자리부터 의심하는 이 일은 한편의 시가 어떻게 삶의 비의를 들추어낼 수 있는지를 모색하는 시인이 자신의 삶에서부터 떨어져나와 많은 것들과 이별하는 것을 감수하는, 지난한 고투를 바탕으로 삼아야 하기 때문이다.

서두에 인용한 「적응」의 한 부분은 한인준 시의 한가지 특징을 절묘하게 포착해 보여준다. "저기요"라고 부르는 목소리는 특정 상대를 향하지만, 그 말 자체는 애초에 "모두"를 지시하는 효과를 발휘한다. 이것을 모든 말이 갖는 다양한 의미 효과에 대한 사유로 볼 수만은 없다. 한인준의 시에서 말은 자주 보편과 특수, 추상과 구체의 경계를 의심하는 일로 쓰이며, 궁극적으로는 어떤 말도 그 의미란 각자가 순간적으로 나눠가질 수밖에 없는 것으로 여겨지는 듯하다. 하지만 여기에 더해 시인은 말과 그 의미를 사유하는 과정에서 나눠가지는 일의 해독 불가능한 가능성을 놓치지 않는다. 어떤 말이든 원래의 의미를 갖고 있지만 누구나 그것을 자기만의 방식으로 의미화하는데, 그 의미화야말로 개인의 역사와 감각을 통과해서 일어나는, 일정하게 정리될 수 없는 과정으로서 다른 누군가가 쉽사리 해독할 수 없는 지점이다. 한인준의 시는 이 지점에 주목하고 거기 닿아 있는 자발성을 의미화한다. 다시 말해 이 자발성에는 너의 말을 내가 다 알지 못한다는 존중과 인정이 먼저 있고, 그럼에도 나는 너의 말을 나의 것으로 나눠 갖고 싶다는 연대와 화해에 대한 희구가 있다.

나와 너를 나누기

　세상에는 많은 사람들이 있어 당신은 혼자 얼마나를 하는지 억지로와 내리는 폭설 속에서 차가워를 나눠가지는 너와 나는 이제 동떨어지고 얼어붙은 한 손은 왜 쓸어담을 수 없는 것인지

—「종언: 있」 부분

이 말은 너와 내가 잡은 손을 놓고 차갑게 돌아서는 경험에 관한 통증의 토로인 것 같으나, 한편으로는 나 스스로 너와 함께하려는 일이 얼마나 귀한 것인지를 보여주는 시의 일부분이다. 세상에는 얼마나 많은 혼자들이 있는지. 그 추위와 동떨어짐 속에서 나눠주거나 얻으려는 것이 온기일 경우가 일견 타당하고 공평하게 여겨지지만, 폭설 속

에서 나에게 온기는 없는 것이기 십상이며, 있더라도 그 제한된 온기가 만들어내는 것은 차별과 위화감 같은, 동떨어짐을 강화하는 궁여지책이기 쉽다. 한인준 시의 화자는 차라리 함께 눈을 맞으며 차가움을 나눠갖는다. 억지로 어떤 관념을 공유하려고 하지 않고, 구체적이고 개별적인 감각을 각자의 것으로 분유(分有)할 때 너와 나는 공평한 관계가 되고 그때야 비로소 나는 너의 말을 이해할 수 있을지도 모른다는 가망을 갖게 되는 것이다.

> 멈춘다마다 앉아 있다고 서 있는 것을 기다린다로 똑같이 말할 수 없는 것은 아닌데 그렇다면 이렇다고 아예를 이해할 수 없는 것은 아닌데
>
> —「종언: 있」부분

이 문장을 '똑같이 말할 수 없는 것은 아닌데, 아예 이해할 수 없는 것은 아닌데'라고 바꿔 쓸 수 있을까. 이처럼 문법상의 오류가 없이, 의미 전달이 매끄럽게 가능해지는 문장에 대한 거부를 시의 형식으로 보여줄 때 한인준 시의 화자는 자주 어떤 종결의 상태를 직면하고 있다. 이 화자는 말은 그 자체의 속성 상 어떤 대상을 '있는 그대로' 설명하지 못할뿐더러, 지시하고 설명하는 말이 생겨나는 순간에 그 대상은 말하는 자와 듣는 자의 것으로 편갈라진다는 것을 알고 있는 자다. 그뿐 아니라 그는 말의 그 역설

적인 능력을 적극적으로 활용한다. 이 화자의 의심은 말하는 자와 듣는 자, 나와 너의 입장과 관점의 차이는 애초부터 분명하게 있었던 것이라기보다는 말의 대상에 대한 지시와 설명과 부연 같은 말의 발생 이후에 나타나서 거꾸로 말의 의미를 다르게 해석하게 하는 요인으로 작용하는지도 모른다는 데에 있다. 말하자면 당연한 이야기일 수도 있겠지만, 이는 한인준의 시에서 나와 당신의 관계가 대개 이별을 직전에 두고 있거나 이별한 직후로 짐작되는 이유와도 무관하지 않아 보인다. 이별이라는 사건은 대개 헤어짐이라는 일회적인 일에 그치지 않고 그후에도 지속되는 관계까지를 포함한다. 너와 나의 헤어짐 이후에 나는 너의 말과 행동을 거듭 재해석하는 과정을 겪고 그 시간까지를 포함해서 이별이 갖는 의미를 확고히 가질 수 있게 된다. 이별이란 살아가며 누구나 겪을 수 있는 일이지만 결코 상투적인 사건이 될 수 없는 이유가 여기에 있다. 이별에 대한 생각은 현재로 지속되는 모든 관계에 대한 생각을 아우르고 있다. 누구나에게 있을 이별에 대한 생각, 그것은 끊임없이 존재의 고립을 자각하게 하고, 모든 관계가 갖는 유한성과 유약함을 예감하게 한다.

한인준의 시가 한 종결의 상태로서 이별을 생각하는 일에서 출발한다고 할 때 중요한 것은 이별이라는 특정한 관계의 특성에 대한 남다른 인식과 감각에도 있지만 그보다 이 시집에 만연한 '생각하는 일'에 우선 주목해볼 필요가 있다. 이 시집 속에서라면 생각하는 일은 예를 들어 이별의 경우, 그것을 누구나 겪을 수 있는 보편적이고 상투적인 경험으로 통칭하기를 거부하고, 그러한 통칭에 깃들어 있는 오해를 해소해서 유일무이한 사건으로 스스로가 만들어 갖는 과정이다. 따라서 그것은 모든 사전적인 정의로 포괄되는 의미를 벗어나는, 관념으로서 취득해야만 하는 고정적인 이해에 저항하는, 이를테면 자신을 가장 잘 설득할 수 있는 순수한 '생각'을 얻는 일이다.

이 일을 감행하고 그 과정의 지난함을 감내하는 데에는 자발성과 같은 능력이 필요하다는 점 또한 잊어서는 안된다. 한인준의 시 곳곳에서 생각하는 일과 자발성의 연계는 부동성을 갖는 독립체들의 내면을 짐작하게 하는데, 이것은 관계라는 것의 속성을 재고하는 일로 확장된다. 다시 말해서 각자가 따로 있어도 같이 있는 것처럼 여겨질 때 발생하는 기묘한 감각 역시도 관계의 연장이라고 할 수 있다면, 관계의 단절과 지속에 대한 감각 역시 이 '생각하는 일'을 통해서 다르게 씌어질 수 있을 것이다. 한인준의 시가 거듭 생각하는 일을 쓸 때, 그 생각의 내용에 못지않게 표면 그대로의 행위에도 주의를 기울여볼 필요가 여기에 있다. 생각하는 일은 표면적으로 보아 침묵하는 일이므로 대화와 소통의 일로 간주되는 관계의 속성에 반하는 행위라고 오해되기 쉽다. 그러나 한인준 시의 화자들은 생각하는 일이야말로 가장 적극적이고 자발적인 관계의 지속과

확장에 관한 일이라는 것을 보여준다.

그 보여주기는 우선 침묵에 가까운 언어를 통해서 행해진다. 한인준의 시에서 말, 즉 시를 이루는 문장들은 말이 곧 모든 것의 종언(終焉)만을 말할 수 있다고 보는 듯하다. 말은 아무것도 새로 개시할 수 없고, 다가올 것에 관해서는 거의 무지에 가까운, 그러므로 무의미에 가까운 깃만을 겨우 표현할 수 있다는 것이다. 어쩌면 이러한 자조적인 전제에서 시작되는 것이 시가 아닐까. 시는 말이 아니라 말의 맹목에서 발견되는 것이 아닐까. 한인준의 시는 명확한 결정과 판단이 아니라 거듭 유보되는 생각으로서의 질문으로 씌어진다. 첫 시집에 실린 거의 대부분의 시에서 화자는 생각을 종결하지 않음으로써 말의 여러 종언을 보여주는데, 이것은 거꾸로 어떤 말로 단정해버리는 종언의 형식들이야말로 질문을 연장하는 방식으로서의 사유의 시작이 된다는 점을 암시한다. 시의 형식으로밖에는 물을 수 없는 삶의 비의 같은 것이 있다는 말은 종종 들어왔지만 문법의 파괴와 그를 통한 사유의 전환으로써 그것이 비단 추문이 아니라는 사실을 보여주려는 이같은 시도를 마주하기란 흔치 않은 일이다.

연기

　'여기서 해야 하는 일은 없어. 해서는 안되는 일만 있지.' 나무 2가 나무 1에게 속삭였다. '웃어도 안돼?' 너는 나에게, 나는 너에게, 관객들에게 보이지 않는데

　노인이 노인분장을 하고 우리 곁으로 와서 앉았다. 앉는다는 것은 뭘까. 언제쯤 죽을 생각인가. 이 사람은 죽어야 걸어 나갈 것이다. 끝을 안다고 '끝에서 시작할 수는 없잖아.' 이런 생각을 했어. 이런 생각 너무 덥다. 여긴 정말 덥고

　나무 2가 나무 1에게 쓰러진 거야. 우리는 포개졌어. 말없이 버둥거린다. 나는 너의 눈을 보았고 너도 나의 눈을 보았다

　맞아, 우리는 나무였는데 '끝에서 시작할 수도 있겠다.' 그러니까

　그것은 그러면 안되는 것이었어. 그러면 안되는 것이었어

　　　　　　　　　　　　—「끝날 때까지 기다려」 전문

109

한인준의 시가 자주 한국어의 문법을 어김으로써 일상적인 의미 해독의 방법을 소용없게 만들거나, 차라리 침묵을 그림으로써 너무 많은 언어(의무와 금지)의 세계를 반어적으로 묘사하는 이유도 마찬가지다. 시인이 "여기서 해야 하는 일은 없어. 해서는 안되는 일만 있지"라고 쓸 때, '여기'는 바로 흔히 현실이라 부를 만한 세계다. 너무 많은 의무와 금지로 맞춰짜진 세계의 한 모습처럼 보이는, 「끝날 때까지 기다려」에는 무대와 관객과 등장인물이 있다. 무대 위로 천천히 "노인"이 등장하고 극본에 따르면 아마도 그 인물은 자신의 죽음을 연기(演技)한 후에야 그 무대에서 퇴장할 것이다. 흥미로운 점은 이 시의 화자가 그 연극의 장면을 지켜보는 관객도 아니고 연출자도 아니며 노인 배역을 맡은 연기자도 아니라는 데에 있다. 이곳에서 "우리"는 "나무 1"과 "나무 2"를 이른다("맞아 우리는 나무였는데"). 이들은 연극이라는 고정된 소통 상황에서 사물처럼 놓여 있기를 연기해야 한다. 이 무대 위에서 일어나는 일들의 끝을 알지만 모르는 것처럼, 모든 것을 알고 있지만 아무것도 모르는 것처럼, 모두 지켜보고 있지만 아무것도 말할 수 없는 존재로서 그저 그 상황을 주시해야만 하는 것이다. 이 역할은 실패하고 마는데, 나무 1과 나무 2는 둘 중 하나가 쓰러짐으로써 서로 포개져 하나의 예외상황을 이루고, 무대 위에 있지만 발견되지 않는 것으로 존재했어야만 하는 그들의 정체를 연극이라는 상황 가운데에서 과도하게 드러내버리게 되어서 무대 위에서 일어나는 사건으로서의 연극까지도 무위에 이르도록 한다. 무대 위에서 자신을 드러냄으로써 사라지는 나무라는 배역을 맡은 인물은 무대 위에서 나무로서 쓰러짐으로써, 현실의 한 장면이기를 가장한 연극이 그저 가상이라는 것을 폭로하게 된 것이다. 더불어 연극 내부의 사정으로서도 연극을 이루는 한 요소로서의 배경이 무너짐에 따라 모든 것이 처음의 자리 내지는 원점으로 돌아가게 된다.

나무의 배역을 맡은 화자는 "끝날 때까지 기다려"야 하는 규칙을 어김으로써 그 세계의 가상성을 폭로하고 곧장 자책한다. 모든 사정에 처음과 끝이 있다면, 하물며 그 사정에 개입한 존재로서 그 끝이 어디인지 알고 있는 입장에서라면 그사이에 끼어들어 예상치 못한, 극본과는 다른 끝을 만들어서는 안되었기 때문이다. 이 폭로의 특징은 그것이 의도한 것이 아니라는 것이다. 화자의 자책으로 보이는 마지막 구절, "그것은 그러면 안되는 것이었어, 그러면 안되는 것이었어"는 두번 반복되며 시 전반을 감싸고 있는 당혹스러움을 심화시키는 동시에 그 말이 나무 1과 나무 2의 입에서 각각 발화되는 것 같은 느낌을 줌으로써 결국에는 "우리"의 말이 되어 관객(독자)까지를 그 자책에 동참하게 하는 효과를 발휘하는 것 같다.

실상 이런 사건이, 저 무대 위에서 상연된 나무의 사정이 비단 이 시의 자리에서만 벌어지지는 않는다는 것을 우리는 안다. 이를테면 일상적인 것을 구성하고 있는 수상한 배역에 대한 찰나의 발견, 일상을 비상적인 사태로 만들어버리는 어떤 존재의 발생은 우리의 삶 속에서 종종 있어왔다. 한인준의 시는 그 발견과 발생을 어렵게 언어화해내는 자리에서 시라는 형식이 고안된다는 것을 보여준다. 이 보여주기가 어려운 이유는 그것이 앞서 언급했듯 일상적인 언어로 비일상적인 상황에 대해 설명하는 일이기 때문이다. 그는 전에 없던 의미를 덧붙여 단어의 겹을 두텁게 만드는 일에는 무심하며 오히려 말들을 생각하는 일로써 그것들의 의미를 한꺼풀씩 벗겨내며 그 의미의 껍질들이 얼마나 케케묵은 허울이었는지를 밝히는 과정으로 자신이 일상적으로 쓰는 말들을 사유(私有)한다.

지우기

생각하는 일을 거듭 강조하거나 한국어 문법을 의도적으로 어김으로써 그 특유의 시적 문법을 써나가면서, 한인준의 시는 관념이 지워지는 자리에서 말(언어) 고유의 의미와 역할이 생겨날 수 있다는 것을 확인하게 한다. 앞서 본 시의 마지막 구절에서 화자의 말은 어째서 두번 반복되는 것일까. 앞에서 그 반복이 당혹스러운 상황을 초래한 자신에 대한 책망의 심화처럼 느껴진다고 썼지만 어쩌면 그 반대의 경우일 수도 있을 것이다. "그러면 안되는 것이었어"라는 말은 두번 발화되면서 그 말이 갖는 의미가 하나로 고정되는 일을 애초에 거부하는 게 아닐까. 말하자면 저 하나의 문장은 두 갈래로 찢어져 원래의 의미 같은 것을 폐기하는 일에 목적이 있었던 게 아닐까. 나무의 연기를 해야 하는 존재가 원래 자신을 드러내는 방식은 부동과 침묵을 강제하는 허구를 한순간 뚫고 현실로 튀어나와 "말없이 버둥거리"는 일이었다. 이때의 말 없음은 어떤 말보다 더 강렬한 메시지가 되는데, 이 메시지는 극과 현실의 어느 편에도 속하지 않은 채, 그 사이에 가로놓여서 양쪽의 결여를 동시에 노출한다.

나무가 무대 위를 걸어다니고 다른 나무와 인사를 나누는 전환이 한인준 시의 세계 속에는 없다. 오히려 그는 무대 위에서 쓰러지더라도 스스로 일어날 수 없을 정도로 '나무다운' 복장을 입은 나무를 구상한 다음, 나무와 나무가 무대 한편에서 속닥거리다가 넘어지고 포개져 나뒹구는 장면을 연출한다. 한인준 시의 새로운 문법은 기존의 단어가 가진 의미를 바꾸지 않고 그것들이 상호 간에 작용하는 방식 내지는 원리를 새로 만드는 일로 구현된다. 다시 말해 그의 시는 원래 의미에 너무도 충실한 나머지 그 의미들이 충돌하는 방식을 사유하는 가운데 발생한다. 시를 읽을 때 구절과 구절을 덩어리째 훑으며 그 가운데에서 놀라울 정도로 참신한 비유를 발견하기를 원하는 경우 한인준의 시는 만족을 주지 못할지도 모른다. 하지만 문장과 문장, 단어와 단어를 잘게 쪼개어두고 그 각각이 지닌 의미와 의미의 관계를 사유하는 방식의 남다른 전환을 발견할 수 있다면 한인준의 시는 놀라울 정도로 참신한 사건이 될 것이다.

이런 문장, "어떤 자작나무에서 아무도 몰래 쏟아지는 하얗다"(「종언: 없」)를 보자. 말하는 자는 아무것도 명확하게 말하지 않기로 결심한 듯하다. 명확하게 말하는 것이 얼마나 정직하게 말하는 것으로부터 멀어지는 일인지를 알고 있기 때문이다. 물론 말에는 여러가지 역할이 있다. 한편으로 말의 대상으로서 목적어를 명징하게 지시하고 전달하는 역할이 있고 다른 한편으로는 말하는 자의 입장에서 지시와 전달과 설명과 해명 등의 역할을 정직하게 하는 역할 또한 있다. 한인준 시의 화자들은 후자의 역할에 좀더 치중한다. 애초에 시는 나무를 식물도감에 나오는 이미지에 가깝게 설명하는 일이 아니라, 식물도감의 이미지가 각자에게 주는 또다른 이미지를 위해서, 그 또다른 나무가 누군가의 삶과 세계에는 분명하게 존재한다는 것을 증명하기 위해서, 나아가 결국에는 각자의 세계에 존재하는 무수한 나무들이 도감 속의 이미지와 설명을 나무의 것이라 부르게 하는 근거가 된다는 것을 증언하기 위해서 씌어지는 게 아니었던가. 사전 속의 정의를 각자의 삶을 이해하고 설명하기 위한 근거로 삼는 게 아니라 거꾸로 각자의 구체적인 삶을 통해서 보편적인 관념과 원리를 추리하는 일처럼, 한인준의 시 역시 그렇게 씌어진다. 다시 저 문장으로 돌아가자면, 화자에게 어떤 자작나무는 모든 자작나무를 대신하지만 그 대표성은 일상적인 언어로 말하자면 차라리 무에 가까운 것이다("쏟아지는 하얗다"). "어떤 자작나무"를 다른 자작나무처럼, 다른 자작나무에 빗대어 설명하기를 포기할 때 화자에게 그 나무의 의미는 그것에 고유한 것으로 박제되는 듯하다. 다시 말해 이 문장에서 '어떤 나무'는 주어의 역할을 제대로 해내지 못함으로써 유일한 주어가 된다. 이 자작나무는 아무도 모르는 (화자만 알 수 있는) 무언가를 쏟아내며 모든 것을 반사하고 지우는 백색지대 같은 존재가 된다.

그 속으로 들어가기

　숲과 속을 나누어 생각하려고 숲속에 들어가는 한 남자에 대해

　부질과 없음에 대해

　제발과 부탁을 더해버리지 않은 방법에 대해

이런 적이 별로 없었을까요
이런 적은 별로 때문에 없었을까요
　　　　—「종언: 하늘 위에 별이 있는 것이 아니라」부분

　한인준의 시집 속에서 나무의 자리가 거듭 시의 그것으
로 보이는 이유는 무엇일까. 이 시에서도 숲을 이루는 것
은 대개 나무라는 생각, 나무와 나무들의 자리가 모여 결국
숲이라는 새로운 자리를 만들었다는 생각을 지울 수 없다.
그 생각의 연장으로 의미를 지닌 숲의 자리는 확장된다.
　숲속에는 이루 말할 수 없는 것들이 있지만, 무엇보다
도 숲과 속이 있다. 숲속에서 숲과 속은 따로인 채로 존재
할 수 있을까. 누군가는 그 각각을 생각하기 위해서, 각각
에 대한 의지로 그 불가능해 보이는 시도에 투신한다. 숲
속으로 들어가는 이의 걸음은 그 자체로 숲과 속을 가르며
숲속에 길을 낸다. 그 길은 숲과 속을 되살려 각각의 의미
를 묻고 생각하는 일처럼 보인다. 어쩌면 시인이 쓰기 위
해 그 무엇을 생각하는 일이 저 "한 남자"의 모습과 닮아
있지 않을까. 스스로라는 말에는 개별자로 존재하고자 하
는 결단이 스며 있으며 또한 그 말은 쓰는 일의 유일한 증
명이다. 숲속을 이루는 숲과 속을 가르기 위해 스스로 그
것의 일부분이 되듯, 숲과 속을 붙여쓰고 띄어쓰는 일은
그저 말장난에 그치는 것이 아니다. 무엇을 나누기 위해
그 무엇에 자신을 더하는 행위는 자신을 내걸어야 하는 존

재적 사건이기 때문이다. '~속으로' 자신을 밀어넣는 감행은 시의 곳곳에서 발견되는데("나는 은행나무 속으로 들어가버릴 수도 있는 것이다//운다의 속으로 들어가버린 당신을/가루약과 알약 사이에서 회복하는 조금씩을// 볼수록을 볼 수 있을 때까지", 「종언: 은행나무 가로수길을 지나 병원으로 가는 줄 알았지만」) 이것은 무엇과 무엇의 사이를 사유하는 일과는 다른 차원의 태도를 갖는다. 이 태도에서는 무엇을 정확하게 보기 위해 스스로 정직하고자 하는 결단, 타자("숲속")를 받아들이기 위해 일단 자신이라는 정체("한 남자")를 지우기로 하는 결심이 엿보인다.

이처럼 단호한 믿음은 일견 맹목적으로 보이기도 한다. 하지만 이 무모한 신념은 고정관념과 같은 덩어리진 생각들을 부수고 쪼개며 생각하는 일을 계속하게 하는 동력이 된다. 이 믿음이 통과하는 자리에는 '부질없음'이란 없고 "부질"과 "없음"이 각각 있을 뿐이다. '없음'이 있을 때 이 길 위에서는 '부질' 역시 기존의 의미를 벗어나 새로운 의미를 입을 가능성을 갖는다. 그러니 이 길 위에서라면 '제발 부탁해'와 같은 말의 내용과 그 내용이 전제하는 어떤 관계의 역사 역시 새롭게 씌어질 수 있을 것이다. 무엇이 그 관계를 기울어지게 했고, 간절한 요청만이 남은 절박한 상황이 발생했지만 어떤 믿음은 포기하지 않는 듯하다. 그것은 '제발'과 '부탁'이 덩어리졌을 때 그 말은 어떤 사정의 극단, 요청의 마지막을 감당하게 되지만 그 각각이 나

117

뉘어 각자의 의미를 갖게 될 때 그 말은 미지의 상황을 초
래하게 될 것이라는 믿음이다.

없을 것을 위하여 찾아볼 수는 없었습니다

있을 것을 위하여

한밤중에 깨어난 당신이 당신 옆에 놓인 물컵 쪽으로
손을 내저었을 때

목이 마르기 위하여를
문득 나는 먼저 생각했던 것입니다
　　　　　　　　　—「종언: 아름다운 그런데」 부분

　예의 그렇게 흘러가는 의미의 자장에서 그 예외적인
("별로") 의미의 발생을 그리고 기대하며 그 '별'의 일을
오래 생각하는 자는 한인준 시 전반에 있다. 현실적으로
무모해 보이는 그들의 태도는 있음과 없음, 그때 있던 것
과 지금 없는 것, 지금 없는 것과 나중에 있을 것에 관한 섬
세한 감각의 표출로도 알아볼 수 있다. "없을 것을 위하여
찾아볼 수는 없었습니다"로 시작해서 "없을 것을 위하여
찾아볼 수가 있었습니다"로 끝나는 시를 간단히 역전에
대한 사유("뒤바뀌는 것을/생각했던 것입니다")로 읽을

수 없는 이유가 그것이다. 여기서 생각하는 자는 생각의 대상과 자신을 온전히 구분하지 않는다. 앞서 보았듯 한인준 식의 생각하는 일은 끝내 스스로를 그 속으로 밀어넣는 일에 가깝기 때문이다. 발상의 역전에는 존재의 전이가 전제되는데, 따라서 무엇을 생각하는가에 따라서 화자는 자기 자신이 비존재가 되는 체험에 관해 진술하게 되기도 한다. "한밤중에 깨어난 당신"이 습관처럼 물컵이 있을 쪽을 향해 손을 뻗을 때, 그곳에 물컵이 있을지 없을지는 수학적 확률의 문제가 아니다. 그것은 그때와 그곳, 있는 너와 없는 나를 나누기 전에 먼저 생각하는 일이며, 때와 장소를 구별하지 않는 누군가의 있음을 고려하는 배려와 사려의 문제이기 때문이다("문득 나는 먼저 생각했던 것입니다").

대문 앞에서 나는 무릎과 무릎이라는 이미지로 쪼그려앉는다. 이것은 나를 안아줄 수도 있는

둥글다

그리고 가만히를 기다린다
절대로와 함께라면 모든 것은 이곳으로 도착하지 않을 것이다

말없이를 올려다볼 것인가

저 푸르름은 정말과 같은 것일까. 나 다시는 대문 앞에
서 골목과 아닐 것이다

———「종언: 할 말 잃어버리기」 부분

끝내 말없이 가만히 앉아 자신을 감싸안고 무엇을 기다
리는 일이 있다. 이것은 단정하거나 결정하지 않는 일("절
대로와 함께라면 모든 것은 이곳으로 도착하지 않을 것이
다")처럼 보인다. 이 침묵을 주목해야 하는 이유는 이 말
없는 기다림이 '무엇'이 아니라 '기다리는 일'을 목적으
로 삼기 때문이다. 때문에 시의 말미에서 "절대로와 함께
라도 모든 것이 이곳으로 도착할 것이다"라는 화자의 뒤
집어진 진술은 기다림의 대상에 대한 체념이나 열망 같은
감정적인 변화라고 할 수 없다. 이 시의 경우처럼 무엇을
기다리는 일과 잃어버리는 일이 동시에 발생하며 마치 그
둘이 같은 일처럼 보일 때 기다림의 주체("나")와 기다림
을 유발하는 대상들이 지워지고, 기다림이라는 순수한 시
간을 기다림이라고 말할 수 있게 된다. 그러니까 한인준의
시에서 보기 드물게 강한 어조로("절대로와 함께") 표현
되는 것은 정확하지 않더라도 정직하려는 어떤 태도라고
하겠다. 이 글의 서두에서 보았던, 앉는 일이 무엇인지를
질문했던 연극 무대 위의 나무와 위의 시에서 그려지는,
대문 앞에 쪼그려앉아 둥글고 가만히 있음의 이미지 자체

가 되려는 화자의 모습은 그리 다르지 않아 보인다.

생각을 계속하기

무엇을 통과하는 것으로서 빛을 생각한다. 빛이 통과하지 못하는 자리로서 어둠도 함께 생각한다. 빛이 지나가지 못하는 자리에 생기는 어둠은 그 자체로 빽빽한 빛의 채집이기도 하다. 짙은 그림자에서 가로막힌 빛을, 희미한 그림자에서 투과된 빛을 볼 수 있다. 가령 테이블 위에서 움직이는 물이 담긴 투명한 초록색 유리컵의 그림자 같은 것을 보자. 그것은 빛도 어둠도 아니며 그 자체로 통과된 시간과 공간을 감각하게 해준다. 초록색 유리컵을 통과한 빛이 초록빛의 그림자를 테이블 위에 그려 보여줄 때 우리는 초록색 유리의 시간, 빛이 지나가는 초록의 공간에 관해서 생각할 수 있다. 투명함을 매개하는 것에 대해서도 생각할 수 있다. 이것은 마치 언어와 언어를 매개하는 비언어, 혹은 비언어와 비언어를 매개하는 언어를 생각하는 일처럼 보인다. 매질로서의 언어, 무엇을 분명하게 지시하고 정확하게 설명하기 위한 언어가 아닌 말을 생각해본다. 그것을 통과하는 의미들은 의미가 되지 못하는 것, 혹은 의미가 되고도 남는 것일 테다. 한인준의 시는 그 자체로 우리의 세계를 구성하는 말들의 매개가 되기를 자처한다. 그의 첫 시집을 읽고 나면 누구든 '정말'은 투명한 말일까 하고 묻고 생각하게 될 것이므로. "정말이 보일 때까지만"(「종언: 것」) 그 생각은 계속되어야 한다.

金娜詠 | 문학평론가

끝없이가 전혀의 모습으로 놓여 없었다.

눈이 부신 멈춘다.

2017년 4월

한인준

창비시선 409

아름다운 그런데

초판 1쇄 발행 / 2017년 4월 17일
초판 2쇄 발행 / 2017년 5월 22일

지은이 / 한인준
펴낸이 / 강일우
책임편집 / 박주용
조판 / 박아경
펴낸곳 / (주)창비
등록 / 1986년 8월 5일 제85호
주소 / 10881 경기도 파주시 회동길 184
전화 / 031-955-3333
팩시밀리 / 영업 031-955-3399 편집 031-955-3400
홈페이지 / www.changbi.com
전자우편 / lit@changbi.com

＊ 이 책은 2016년 대산문화재단 대산창작기금의 수혜를 받았습니다.